Sabine Kalwitzki

Kleine LESETIGER

Detektivgeschichten

Illustriert von Christian Zimmer

Bibliografische Information Der Deutschen Bibliothek
Die Deutsche Bibliothek verzeichnet diese Publikation in der
Deutschen Nationalbibliografie; detaillierte bibliografische Daten
sind im Internet über *http://dnb.ddb.de* abrufbar.

Für Philipp

Der Umwelt zuliebe ist dieses Buch auf chlorfrei gebleichtem Papier gedruckt.

ISBN 3-7855-4752-8 – 1. Auflage 2003
© 2003 Loewe Verlag GmbH, Bindlach
Umschlagillustration: Christian Zimmer
Reihengestaltung: Angelika Stubner
Redaktion: Rebecca Schmalz
Herstellung: Heike Piotrowsky
Gesamtherstellung: L.E.G.O. S.P.A., Vicenza
Printed in Italy

www.loewe-verlag.de

Inhalt

Der Pausenbrotdieb

„Mein Brot ist weg!", schimpft Leo.
„So eine Gemeinheit!"

„Mein Wurstbrötchen
war gestern auch verschwunden",
sagt Tessa. „Ich glaube,
in unserer Schule gibt es einen Dieb!"

Die Kinder der Klasse 2a überlegen,
was jetzt zu tun ist.

Sie beschließen einstimmig,
dass Jan und Vivi
den Fall lösen sollen.
Frau Heumann ist einverstanden.

9

Jan und Vivi sind richtige Detektive.
Denn die beiden haben letzte Woche
auch Ayses verlorene Ohrringe
gefunden.

Und wenn Frau Heumann
ihre Brille wieder nicht sieht,
können sie ihr sofort helfen.

In der Pause stellen die Detektive
den anderen Kindern viele Fragen.

Vivi findet etwas heraus:
„Der Dieb hat nur Pausenbrote gemopst,
die in den Jacken
an der Garderobe waren!"

11

Am nächsten Tag
stellen sie dem Dieb eine Falle.

Sie verstecken ein Wurstbrot
in Jans Jacke.

Kurz vor der Pause
hören die Kinder der 2a
ein seltsames Geräusch
auf dem Gang.

Jan und Vivi springen auf
und rennen zur Tür.

13

Doch draußen ist niemand.
Nur Wuschel,
der nette Hund vom Hausmeister.

„Fang den Dieb!",
ruft Jan dem kleinen Hund zu.

14

Wuschel findet das lustig.
Er legt sich auf den Rücken
und will gekrault werden.

Da hat Vivi eine Idee.
Sie befestigt einen Spiegel
an einem Besenstiel.

15

Jetzt können Vivi und Jan
durch die offene Klassenzimmertür
auf den Gang sehen.

Ein Dieb taucht nicht auf.
Nur der kleine Wuschel.
Er schnuppert an allen Jacken.

Plötzlich schnappt er sich
das Brot aus Jans Jacke.
Alle können das
mit dem Detektivspiegel sehen.

Die Kinder stürmen auf den Gang.
„Du frecher kleiner Dieb!",
schimpft Vivi.

17

Wuschel wedelt fröhlich
mit dem Schwanz.

Der Fall ist aufgeklärt.
Und Wuschel weiß gar nicht,
in welches Brötchen er
zuerst beißen soll.

Die verschwundene Brosche

Frau Krause kniet im Blumenbeet
und sucht etwas.
Jede Blume und jeden Grashalm
biegt sie zur Seite.

Da kommt Basti.
Er mag Frau Krause gern.

„Ach, Basti, siehst du vielleicht
meine silberne Brosche?",
fragt Frau Krause.
„Ich glaube, ich habe sie
mit den Krümeln auf der Tischdecke
zum Fenster hinausgeschüttelt."

Basti sucht alles ab.
Aber die Brosche findet er nicht.

„Wann haben Sie denn
die Brosche zuletzt gesehen?",
fragt er Frau Krause –
genau wie ein echter Detektiv.

Frau Krause überlegt:
„Als ich vorhin gelüftet habe, lag
die Brosche noch auf dem Tisch."

„Später habe ich die Tischdecke
aus dem Fenster geschüttelt, und
die Brosche wahrscheinlich gleich mit."

Basti schaut sich im Garten um.
Ganz oben im hohen Baum
hat eine Elster ihr Nest gebaut.

Da kommt Basti ein Gedanke.
Wie der Blitz rennt er in sein Zimmer
und sucht nach dem Fernglas.

Basti setzt sich ans Fenster
und beobachtet die Elster im Nest.

Für einen kurzen Moment,
als die Elster gerade davonfliegt,
blitzt und blinkt es im Vogelnest.

„Ich weiß jetzt,
wo die Brosche ist!",
ruft er Frau Krause zu.
„Die Elster hat sie stibitzt!
Elstern lieben nämlich alles,
was glitzert."

Auf einer langen Leiter
klettert Bastis Papa zum Elsternnest
und holt die Glitzerbrosche zurück.

Frau Krause freut sich sehr:
„Gut gemacht, Basti!
Das war echte Detektivarbeit!"

Die geheimnisvolle Schatzkarte

Endlich Ferien!
Tim und Lucy packen aufgeregt
ihre Rucksäcke.

Sie fahren wieder zu Opa.
Mit ihm zusammen erleben die beiden
immer die spannendsten Sachen.

27

Opa wohnt in einem alten Haus
mitten im Wald.

Morgens suchen Tim, Lucy und Opa
Pilze und jagen Wildschweine.

Sie schleichen durch den Wald
und verfolgen gefährliche Räuber.
So wie richtige Detektive.

Abends grillen sie Würstchen
und singen freche Lieder.

Doch dann findet Tim eines Tages
hinter dem alten Küchenschrank
ein geheimnisvolles Papier.

Eine seltsame Botschaft
aus Bildern steht darauf.
Was hat das zu bedeuten?

Opa erklärt, dass in seinem Haus
einmal eine alte Gräfin gelebt hat.

Sie besaß einen goldenen Becher,
von dem alle sagten,
dass er Glück bringen würde.

Nach dem Tod der Gräfin
war der Becher
plötzlich verschwunden.

„Wir müssen dem Plan folgen,
vielleicht finden wir ihn dann!",
kombiniert Tim. „Erst durch diese Tür,
dann die Treppe hoch!"

In einer alten, hölzernen Truhe
finden sie einen Schlüssel.

Der Schlüssel passt genau
in die Tür zum Dachboden.
Jetzt müssen sie dort oben
nur noch das bunte Päckchen finden.

Sie suchen und suchen.
Lucy entdeckt in einem Mauseloch
ein staubiges Stoffbündel.

Darin ist der goldene Glücksbecher!
Tim, Lucy und Opa tanzen vor Freude.

Dann bekommt der Glücksbecher
einen Ehrenplatz
auf Opas Kamin.

Tim und Lucy sind sich einig:
So aufregend waren
die Ferien bei Opa noch nie!

Clevere Detektive

Lukas und Lena gehen mit Mama
zu einer Kunstausstellung.
Dort hängen viele wertvolle Bilder.

„Schau mal, der Ober
mit den weißen Handschuhen!",
kichert Lena.

Elegant hält der Ober
ein Tablett mit Gläsern.

Plötzlich geht das Licht aus.
Die Leute schreien durcheinander. 37

Als das Licht wieder angeht,
entdecken Lukas und Lena
eine leere Stelle an der Wand:
Das kostbarste Bild ist verschwunden!

„Haltet den Dieb!",
ruft ein Mann im dunklen Anzug.

Im Saal herrscht große Aufregung.
Eine Dame im weißen Kleid
läuft zum Ausgang. Nur der Ober
serviert in aller Ruhe weiter.

„Ein Fall für die Detektive
Lukas und Lena!", sagt Lukas.
„Wir untersuchen den Tatort!"

Die beiden schauen sich um.
Wo vorher das gestohlene Bild hing,
finden sie einen weißen Stofffetzen.

„Da war eine Dame
im weißen Kleid", sagt Lena.
„Sie ist zum Ausgang gerannt.
Ob sie die Diebin ist?"

Lukas entdeckt unter dem Tisch
ein leeres Tablett und grinst.

„Bitte einen Orangensaft!",
sagt er zum Ober.
Freundlich reicht ihm
der Ober ein Glas.

„Alle mal herhören!", ruft Lukas.
„Der Ober ist der Dieb!"
Zum Beweis hält er
das gefundene Stoffstück hoch.

Alle schauen auf den Ober.
Sein linker Handschuh ist zerrissen.

Lukas hat den Fall gelöst,
und die Polizei führt den Dieb ab.

Über das gestohlene Bild
hatte der Ober eine Serviette gelegt
und es einfach als Tablett benutzt. 43

Sabine Kalwitzki lebt in München und ist Grundschullehrerin. Sie liebt es, mit ihren Schulkindern Theater zu spielen und Geschichten zu erzählen. Seit einigen Jahren schreibt sie Kinderbücher für all die fröhlichen, mutigen, frechen, nachdenklichen, verträumten und wunderbaren Kinder, die mit beiden Beinen auf der Erde stehen und zugleich mit dem Kopf über den Wolken schweben können.

Christian Zimmer wurde 1966 in Nordkirchen geboren. Er studierte Design in Münster und arbeitet seitdem als Grafiker und Illustrator. Wenn er gerade mal keinen Pinsel zur Hand hat, macht er gerne laute Musik.

Erster Leseerfolg

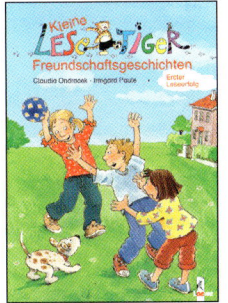